DOUCES-AMÈRES

Fabienne Jomard
Maryse Schellenberger
Michèle Badel
Nathalie Marchi

DOUCES-AMÈRES

Nouvelles

© 2020 Fabienne Jomard
Maryse Schellenberger
Michèle Badel
Nathalie Marchi
Raphaëlle Jeantet

Éditeur : BoD-Books on Demand
12-14 rond-point des Champs-Élysées, 75008 Paris
Impression : Books on Demand, Norderstedt, Allemagne

ISBN : 978-2-3222-4080-7
Dépôt légal : août 2020

PRÉFACE
Raphaëlle Jeantet

Les textes que vous allez lire ont été écrits pendant les ateliers d'écriture de nouvelles que j'ai animés à la MJC de Montluel en 2019 et 2020.

Ils ont surtout été écrits par des participantes impliquées, passionnées, travailleuses et généreuses. Je suis fière de vous présenter les plumes de Fabienne, de Maryse, de Michèle et de Nathalie.

Elles vous offrent une boîte de gourmandises dans laquelle piocher à votre guise. Serez-vous de ceux qui les dégustent avec parcimonie, une par jour pour faire durer le plaisir ? Ou les avalerez-vous d'une traite, sans vous arrêter ?

Je vous souhaite une bonne lecture.

LA PLUME DU PHÉNIX
Nathalie Marchi

Cet après-midi, Axelle n'a pas cours. Alex doit la rejoindre à la terrasse d'un café près de la fac. Elle s'installe à une table, pose ses lunettes de soleil, étire son long cou gracile et se délecte de la sensation de chaleur sur son visage. Elle entend les pas du serveur qui interrompent cet instant de grâce. Elle commande une limonade pour se rafraîchir, joue avec la paille, observe l'ascension des bulles venues éclore à la surface. Elle se sent apaisée, heureuse... Jamais plus elle n'aurait pensé ressentir tous ces petits bonheurs simples, qui jalonnent la vie.

Son regard vagabonde. De l'autre côté de la rue, il y a un square. Des enfants jouent, joyeux, hilares, turbulents... Les rires lui arrivent en cascade et son cœur se serre subitement... Un petit garçon en polo rouge vient de tomber d'une balançoire, sa mère se précipite pour le secourir. Cette scène, à priori banale, la renvoie brutalement à la mort de son petit frère. La discordance du temps la saisit de nouveau : tout s'était passé si vite et au ralenti, simultanément. La dispute, la chute, l'arrivée des secours… trop tard… par sa faute. Elle frissonne malgré la chaleur. Une sensation d'écœurement la prend à la gorge. Ce jour-là, elle s'était fracturée, clivée, dissociée comme spectatrice d'elle-même. Ce n'est qu'après le départ des pompiers et le retour précipité de ses parents, qu'elle avait réintégré son corps. Le poids de la culpabilité s'était alors abattu sur ses frêles épaules. La famille dévastée s'était disloquée et elle en avait été rejetée, Marc avait toujours été le préféré ! Dès lors elle avait végété pendant des années jusqu'à sa rencontre avec Alex, six mois auparavant. Il l'a réveillée de sa longue léthargie, il lui a redonné goût à la vie, lui communiquant son ardeur et sa fougue. Axelle est éperdument amoureuse de cet homme, qui a su combler le manque d'amour fatal dans sa vie.

Alex s'approche de la terrasse, il lui sourit. Elle adore son sourire, lumineux, généreux, ensorcelant et terriblement sexy. Il lui prend la main et lui murmure « Viens, allons ailleurs… ». Elle le suivrait jusqu'au bout du monde, Alex… mais son regard se fige soudain car elle n'ira nulle part avec lui ! Son voyage vient d'être brisé, avant même d'avoir commencé, par une putain de trace de rouge à lèvres sur une encolure, son encolure !…

Je refermai mon stylo et me perdis dans mes pensées… Décidément cet atelier d'écriture remuait beaucoup de choses en moi, qu'il fallait évacuer. Cette fin avait été guidée par le manque de temps. La durée imposée avait été trop courte, il avait fallu être efficace, trouver une chute mais cette dernière n'était pas salvatrice. La blessure était maintenant à vif… Sitôt rentrée, je me précipitai sur mes notes, jetai cette fin et repris le cours de mon récit. Il y avait urgence à éteindre le feu qui se propageait en moi…

Alex s'approche de la terrasse, il cherche Axelle du regard. Lorsqu'il l'aperçoit, il esquisse un petit sourire. Ce sourire a quelque chose de triste, de faux, un sourire de façade, presque une grimace. Alex s'assied en face d'elle, il se retourne et interpelle le serveur qui passe à proximité d'eux. « Un café s'il vous plaît ». Il semble vouloir gagner du temps. Ses yeux errent un moment puis se plantent dans les siens avant de fuir de nouveau. Son regard s'embue. Sa lèvre inférieure tremble imperceptiblement, les mots semblent ne pas vouloir, ne pas pouvoir sortir. Ses longues mains noueuses mènent un combat l'une contre l'autre ; elles se serrent, s'entrechoquent, se chevauchent… soudain elles se libèrent l'une de l'autre et viennent se plaquer contre la table.

Il n'a pas dormi. Il a rejoué la scène toute la nuit. Il a choisi ce lieu pour sortir de leur intimité, pour se protéger. Il sait sa faiblesse, il ne veut pas se laisser amadouer, manipuler… Depuis des semaines, il essaie de l'éloigner mais elle semble ignorer tous les signes. Il sait qu'il va la blesser mais il ne voit pas d'autre issue. Il va devoir être violent dans ses propos car sinon elle ne comprendra pas, elle s'accrochera, elle s'obstinera. Il sait sa propension à déformer la réalité, à la modeler à l'image de son fantasme. Elle se saisira de la moindre ambiguïté. Il faut trancher sans compromis. La douleur sera violente mais préférable à une longue agonie.

Il prend alors une grande inspiration, comme s'il était en manque d'air, sa poitrine se soulève amplement et ses lèvres s'entrouvrent pour souffler ces quelques mots :

« Je te quitte, je ne t'aime plus ! ».

Le temps s'arrête alors brusquement, tout se fige autour d'Axelle. Elle est comme anesthésiée, elle a le souffle coupé. Soudain une vague de chaleur inonde son corps, déferle de son cerveau à ses membres, une onde brûlante qui se décharge le long de ses nerfs jusqu'aux extrémités de ses mains, de ses pieds, de son sexe. Son corps tout entier brûle. Elle est maintenant scindée en deux percevant à la fois la violence de la réaction de son corps et la sidération soudaine de son esprit. L'information est trop violente, inacceptable. Son cerveau la refuse mais il est trop tard son corps l'a déjà reçue avec une acuité exacerbée.

Il faut qu'elle parte ! Elle titube, ses jambes ne la portent plus… Sa faille originelle vient de se rouvrir sous ses pieds. Elle est au bord du gouffre… Elle prend appui sur la rambarde de la terrasse et quitte le café à la recherche de sa voiture. Elle tâtonne pour mettre le contact. Tout son corps est maintenant secoué par de violents sanglots. Elle manque de percuter un piéton en sortant du parking. Elle s'arrête quelques mètres plus loin dans un renfoncement au bord de la route et se met à hurler de toutes ses forces, à tambouriner sur son volant. Elle tente d'expulser toute cette tension accumulée dans son corps puis s'effondre et continue à sangloter longuement.

L'information est intolérable, irréelle… elle est déjà en manque de lui. Telle une droguée, elle ressent le besoin de le voir, de le toucher, de le sentir… Elle redémarre, il doit être rentré chez lui sinon elle l'attendra…

Je repris mon souffle. Ma gorge était sèche, mes mains tremblaient légèrement et mon cœur battait violemment dans ma poitrine. J'étais fébrile. Je posai mon stylo à plume et me versai un verre d'eau que je bus d'une traite. J'aurais voulu faire une pause mais le besoin d'achever mon histoire était plus fort.

La moto d'Alex est garée dans la cour. Elle s'efforce de contrôler sa respiration. Elle jette un regard à son miroir de courtoisie. Son rimmel a coulé le long de ses joues, son visage est souillé. Elle fouille dans son sac et sort une lingette. Elle démaquille énergiquement ses yeux, puis elle cherche son mascara et son gloss. Ses mains tremblent. Elle noircit ses longs cils et dépose machinalement le brillant sur ses lèvres. Elle veut être belle malgré les circonstances. Elle veut espérer qu'il puisse la trouver attirante, qu'il puisse se souvenir pourquoi il l'avait abordée lors de leur première rencontre. Elle veut qu'il doute, qu'il lui laisse une chance de changer le cours de leur histoire. Elle ne veut pas, ne peut pas renoncer à lui.

Sa respiration redevient plus régulière, mais son cœur continue à tambouriner dans sa poitrine. Elle essaie de réfléchir, de rationaliser la situation. Elle n'a pas pu se fourvoyer à ce point. Elle n'a pas pu rêver l'intensité de son regard, la passion de leurs étreintes, la complicité de leur relation. Ce bonheur était bien réel, palpable et sa quête perpétuelle d'amour enfin achevée…

Elle descend pas à pas les escaliers qui mènent à son appartement au sous-sol de la grande maison. Elle entre sans frapper. Assis dans le canapé, Alex lève les yeux vers elle. Mais son regard est empreint d'une telle pitié, que son cœur malmené vole en éclat. Elle sait, la réalité s'abat sur elle… En une fraction de seconde, elle prend sa décision. Il est à elle !

Elle contourne le canapé et se penche doucement vers lui.
« Juste une dernière fois… » susurre-t-elle.
Elle retire alors délicatement l'épingle à chignon qui retient sa longue chevelure. Cette longue pique métallique se termine par une plume de phénix finement ciselée. Alex lui a déniché ce bijou chez un brocanteur quelques mois auparavant alors qu'ils flânaient ensemble sur un marché aux puces, au bord du canal. Axelle sait qu'il la préfère ainsi. Elle laisse onduler librement ses cheveux, puis elle approche imperceptiblement la main de son visage. Elle veut l'apprivoiser, l'enjôler. Elle caresse du bout des doigts sa barbe naissante puis glisse langoureusement sa main le long de son torse vers son sexe. Son visage tend vers celui d'Alex. Leurs lèvres se frôlent puis soudain se dévorent

goulûment. Axelle se plaque contre lui, l'enlace violemment, elle semble vouloir se fondre en lui puis brusquement, elle plante furieusement l'épingle de son chignon dans sa carotide. Le sang gicle, chaud, vermeil. Il macule instantanément sa chemise. Affolé, Alex porte une main à sa gorge dans une tentative vaine de stopper l'hémorragie, mais déjà il convulse…

La folie brille dans les yeux d'Axelle, cette folie enfouie qui de nouveau rejaillit…

Je jetai mon stylo d'un geste brusque et fixai le corps du texte. Ma respiration devint ample et régulière, j'étais libérée… j'avais tourné la page.

TOMMY

Fabienne Jomard

À peine né, Tommy connut le succès. Sa mère, bien entendu, le couvrit immédiatement de toute sa bienveillante attention mais elle n'eut pas le loisir de profiter longtemps de son intimité avec lui : très vite, la famille accourut et fit cercle autour du nouveau-né tout fripé. Tous se bousculaient pour le voir, le toucher et tous poussèrent de hauts cris d'approbation : il était bien l'un des leurs. La forme de ses oreilles était là pour en attester. Elles faisaient de lui le digne représentant de la lignée.

Très rapidement, la nouvelle de sa naissance se répandit et ce succès déborda le cercle familial. Les gens qui étaient là en visite s'étonnaient en le voyant évoluer dans son parc : le nourrisson, après seulement quelques jours de vie avait déjà atteint une taille étonnante et faisait preuve d'une rare vigueur. Mais Dieu qu'il était mignon !

Même plus âgé, il n'en eut pas moins de succès. Les gens trouvaient toujours un prétexte pour venir voir la petite famille et s'attendrissaient en le voyant trottiner derrière sa mère. Tous deux ne pouvaient sortir faire un tour sans que des inconnus ne leur sourient. Comme la taille et la force de Tommy n'avaient cessé de croître, ils étaient impressionnés par son physique hors du commun qui contrastait avec sa démarche débonnaire et son doux regard…

Cependant, une fois adulte, on remarqua chez lui des signes inquiétants : cette renommée qu'il n'avait point souhaitée semblait lui peser et, de plus en plus souvent, on pouvait le voir se balancer d'un pied sur l'autre, le regard perdu dans le vague tandis qu'une foule toujours plus nombreuse l'acclamait joyeusement.

Chaque jour il se sentait un peu plus comme un étranger parmi les siens, auxquels, pourtant, il ressemblait beaucoup. Lui qui n'avait jamais voyagé, lui qui était né ici, voilà qu'il était traversé par une onde de liberté venue du fond des âges. Un appel. Oui, comme si des ancêtres qu'il n'avait pas connus l'appelaient.

Était-ce d'eux que lui venaient ces bouffées d'évasion, ces envies d'espace qui le rendaient ombrageux et même un peu… sauvage… ?

Un jour, juste avant de sortir, il fut frappé par le silence. Pas de clameurs ni de cris d'enfants. Il glissa un œil entre deux planches disjointes et ne vit personne. À l'extérieur, sur la grille de sa résidence on avait accroché un écriteau :

Le secteur des éléphants est momentanément fermé
pour cause de travaux.
Merci de votre compréhension.

ROMÉO À VÉLO
Michèle Badel

Depuis dix ans que je travaille pour AREA, vous pensez bien que j'en ai vu des choses saugrenues et pas que des chiens abandonnés ou des pneus crevés. Vous ne pouvez pas imaginer tout ce qu'on peut trouver sur le bord des autoroutes. Ça va du véhicule qu'on laisse parce que le remorquage serait plus cher que la valeur de l'engin tombé en panne — c'est comme ça qu'on doit parfois évacuer des caravanes, des bateaux de plaisance ou des fourgonnettes — à des individus qu'on retrouve marchant sur la bande d'arrêt d'urgence, des types qui ont trop bu, des femmes qui viennent d'être quittées, des adolescents en fugue.

Mais un cas comme celui de jeudi après-midi, ça j'avais encore jamais vu. Un gars en vélo c'était déjà arrivé, y'en a qui se gênent pas et qui n'hésitent pas à prendre l'autoroute pour gagner du temps. Souvent ce sont des jeunes qui n'ont pas encore le permis et qui n'ont pas envie de rater une soirée d'un de leurs potes qui habite un peu plus loin. D'autres fois, ce sont des chômeurs en fin de droit, qui n'ont pas d'autre moyen de se déplacer et qui tentent le diable, parce que ça leur évite un détour et que c'est pas cher. Mais un cas comme celui de jeudi, c'est vraiment un inédit.

Au début, on s'est pas méfiés car l'individu ne présentait pas de signes particuliers. Il était juché sur un VTT qui semblait avoir vécu, était vêtu d'un jean, de baskets eux aussi bien usagés et d'un blouson avec une grosse capuche qui lui mangeait la moitié du visage. Et c'est justement ça qui a fait qu'on ne s'est pas méfiés. On ne pouvait deviner. Oh bien sûr, l'homme — parce qu'au début on a vraiment cru que c'était un homme — n'était pas bien grand. Mais vous savez, quand vous voyez quelqu'un en train de pédaler sur un vélo, c'est pas facile de deviner sa taille. Bref, avec Robert — car c'était Robert qui était de patrouille avec moi ce jour-là — on aperçoit le type, on le dépasse et on se gare cent mètres plus loin sur la bande d'arrêt d'urgence. Souvent cela suffit à ce que le contrevenant stoppe net, s'empare de son vélo, le bascule par-dessus le parapet et s'évanouisse dans la nature, à toute allure, trop content de nous avoir échappé. Mais là non, le vélo s'est gentiment dirigé vers nous et était même sur le point de se déporter pour nous doubler quand nous lui avons fait signe de s'arrêter. L'individu s'est exécuté, a mis pied à terre et a sagement attendu qu'on parvienne à sa hauteur.

Ce n'est que lorsqu'il a relevé la tête que j'ai compris que c'était un gosse. Au début j'ai pensé que c'était un fugueur de plus et que c'était pour cela qu'il n'avait pas de papiers d'identité sur lui, mais quand il a prétendu qu'il n'avait que douze ans et qu'il vivait dans la rue depuis plus de six mois, là je dois bien avouer que j'ai été bluffé. Des SDF y'en a pas beaucoup par chez nous, le peu que je connais ils ont tous au moins vingt ans. Alors que celui-là, c'était un minot à peine plus vieux que mon propre gamin.

Avec Robert on n'a pas hésité longtemps, on l'a embarqué avec son vélo et on l'a déposé au commissariat de la Verpillière. Mais avant on lui a donné à boire. Vous auriez vu la joie dans ses yeux quand il a aperçu la bouteille de Coca posée à mes pieds — bon je dois avouer que c'est mon péché mignon le Coca. J'y ai pas droit à la maison parce que ma femme dit que c'est de la saleté, alors en service je ne m'en prive pas — et là, le gosse, il était heureux, un vrai cadeau de Noël. On lui a donné aussi le paquet de papillotes qu'on avait reçu le matin même du comité d'entreprise. Il fallait le voir engloutir ça le gamin, c'est sûr qu'il ne devait pas manger tous les jours à sa faim. Ça nous a fait drôle à Robert et à moi de le remettre aux flics car il avait l'air d'un bon gars ce mouflet. Il était juste pas né du bon côté et avait échoué là, on ne savait trop comment.

Pourtant on n'était pas au bout de notre surprise. Car le fin mot de l'histoire, on l'a appris un mois plus tard, à l'occasion des vœux du maire. On avait été conviés comme chaque année à la salle des fêtes et se trouvait là également le gendarme qui avait auditionné l'enfant. C'est lui qui nous a tout raconté. En réalité, au bout de vingt minutes d'interrogatoire, le gosse s'était effondré et avait tout lâché. Il n'était pas plus SDF que mes propres gamins, il avait simplement fugué. Pas à cause d'une dispute avec ses parents, non, à cause d'une gamine de son âge. C'était sa petite voisine et depuis un an, ils étaient tombés amoureux. Alors vous pensez bien, lorsque les parents de la gamine ont annoncé qu'ils déménageaient, ça a été le drame pour les deux tourtereaux. Ils se sont bien sûr promis de se revoir, de s'envoyer chaque jour des SMS et de se parler par Messenger. Mais ça leur suffisait pas. Et au premier jour des vacances de Noël le gosse avait craqué. Il avait enfourché son vélo et s'était mis en tête de parcourir les cent kilomètres qui le séparaient de sa dulcinée, avec juste un petit sac à dos et vingt euros en poche. Sauf qu'à cette époque de l'année, les nuits sont froides et que cent kilomètres à douze ans, quand on n'a pas d'entraînement, ça ne se fait pas en deux jours comme il l'avait prévu. Il s'était perdu, puis avait eu peur d'être repéré par la police, et c'est comme cela qu'il avait atterri sur l'autoroute : pour parvenir plus vite à destination et voyager incognito. Sauf qu'il ne savait pas, à son âge, que les vélos sont interdits sur les autoroutes et qu'il serait vite interpellé.

Ça nous a fait sourire Robert et moi car il nous avait attendris ce môme. Et puis aussi parce qu'à nous deux, on avait bien huit fois douze ans et que cela faisait rudement longtemps qu'on n'avait plus été amoureux.

LA VOIX

Maryse Schellenberger

Mary a toujours vécu à cent à l'heure. Dès la fin de ses études, elle a sillonné le monde dans tous les sens pour cette revue d'écologie qui l'a recrutée. C'est aussi grâce à ces voyages qu'elle a trouvé son âme sœur, son double, son alter ego, son dealer de bonheur.

Pendant des mois, ils ont évolué ensemble dans une autre dimension. Ils ont collectionné tous ces petits instants heureux qui servent à fabriquer le bonheur. La vie au quotidien les sépare régulièrement. Mais même éloignés ils sont connectés.

20 septembre !! Date fatale de ce tsunami qui, en même temps que des milliers de personnes, a balayé son bonheur. Si elle avait été là, ils auraient disparu ensemble, Mike et elle. Si seulement elle avait refusé de réaliser ce nouveau reportage sur les caribous du Grand Nord canadien. Au lieu de cela, des mois d'attente, une disparition angoissante que les autorités ont classée comme définitive, au milieu de tant d'autres.

Alors elle s'est réfugiée dans cette vieille bâtisse, là, perdue au milieu de nulle part pour tenter de soigner son syndrome du cœur brisé. Elle s'exerce à se recréer un monde.

La routine de tous les jours l'oblige à survivre dans ce coin perdu où les visiteurs s'égarent de temps à autre. Chaque matin, l'arôme du café dégusté sur la terrasse la ramène lentement à la vie. Dans des moments pareils les minutes passent pour des heures et les heures pour des jours. Elle cherche désespérément la lueur qui l'aidera à sortir de ce long tunnel. La vie prend ceux qu'on aime et nous laisse là.

Perdue ici, elle est pourtant dans un royaume. L'âne Têtu réclame son foin, le chat Sherlock miaule ses croquettes, les poulettes mènent grand tapage et les lapins manifestent devant leur porte de clapier. Tout un petit peuple sur lequel elle règne et qui lui est totalement acquis : elle est la main qui nourrit.

Les relations avec les humains sont moins simples. Le village tout entier chuchote dans son dos et se tait en face d'elle. Difficile de se faire une place quand on est une étrangère, une citadine égarée. Sans le vouloir, elle alimente le mystère. Les habitants suspicieux seraient bien surpris de voir tout ce qu'elle trimballe dans sa camionnette. Ses passagers se nomment appareils photo, objectifs, micros directionnels, jumelles. Au hasard, au milieu de la nature et au milieu des gens, elle capture des tranches de vie et se remplit l'esprit en petites excursions dans l'existence des autres. Elle se promène aussi dans ses souvenirs.

Les insomnies et les nuits blanches font également partie de sa vie. Mais elle n'est pas seule pour autant. Ces nuits-là par une étonnante télépathie ses amies l'appellent et les discussions s'éternisent. Elle reparle d'autres nuits et d'autres jours, ceux d'avant, ceux qu'elle a du mal à ranger au fond des tiroirs de sa mémoire. La nuit devient une tranche de vie qui va l'aider à supporter le jour d'après.

Et une nuit justement, une de celles où elle se fabrique une suite à la vie d'avant, le téléphone a sonné vraiment… Qui pouvait avoir senti qu'elle avait le besoin d'entendre une voix amie…

Une voix qu'elle connaît, une voix qu'elle croyait perdue dans les tréfonds de sa mémoire, la voix qui la faisait sourire et rire, la voix qui savait la cajoler ou la secouer selon le moment, la voix qui l'accompagnait tout le temps, la voix qu'elle imaginait perdue à tout jamais, cette voix-là précisément, comme par magie, vient se faufiler au fond de son oreille, arrive en même temps dans son cœur et son cerveau qui explosent de bonheur.

— Hello pretty Mary, it's me.

RUN JUAN
Michèle Badel

Toute la nuit il n'a cessé de l'arroser, lentement, méticuleusement, avec la régularité d'un métronome. Un lent va-et-vient sans jamais varier le débit de l'eau, sans jamais modifier la trajectoire du tuyau, du front jusqu'au bas du dos. Toute la nuit il a regardé l'eau ruisseler sur le poil ras, se répandre sur le béton de la terrasse, couler le long de la pente herbée et s'évanouir plus bas dans le noir, sur la route.

Trois fois sa mère l'a appelé : « Va te coucher maintenant, demain tu dois être en forme », mais il n'a pas obéi, pas plus qu'il n'a obtempéré lorsque son père lui a dit : « Écoute, fils, tu ne peux plus rien pour le sauver, même le vétérinaire te l'a dit, tu as tout tenté, désormais il faut laisser faire la nature, c'est ainsi. » Mais lui il s'est entêté, il a continué à mouiller son chien, patiemment, presque amoureusement, ne s'autorisant à changer de main que lorsque la douleur devenait trop forte dans son bras. Et il lui a parlé jusqu'à l'aube. Pas en continu non, mais au fur et mesure que les souvenirs remontaient. Seul dans la nuit, sous l'auvent de la terrasse faiblement éclairé, il a raconté à son boxer tout ce qui faisait leur histoire, depuis le premier jour où il l'avait choisi parmi cette portée de cinq chiots, jusqu'à aujourd'hui où la pauvre bête avait été sortie de la voiture, suffocante et presque inanimée, tant la chaleur de l'après-midi l'avait terrassée.

Juan ne pouvait pas admettre que l'aventure s'arrête là. Il ne se pardonnerait jamais son inconscience : même s'il y était habitué, il n'aurait jamais dû emmener son chien courir avec lui par cette chaleur, ou pas aussi longtemps. Quand il avait repris son véhicule après son entraînement quotidien, l'habitacle était une véritable fournaise. Bien sûr, il avait fait boire son boxer mais l'animal était resté le souffle court, la langue pendante, Juan avait même dû l'aider à monter sur la banquette. Le jeune homme était pressé, il devait repasser à son club de trail prendre son dossard, sa licence, écouter les dernières recommandations de son entraîneur : « Avec la blessure de Lorenzo, tu es le seul à pouvoir ramener la coupe, je compte sur toi ». Tout ça avait pris du temps, trop de temps, et lorsque Juan était enfin arrivé chez lui, sur la banquette arrière, son chien avait les yeux fermés et ne bougeait plus. Le jeune homme avait dû appeler son père pour qu'il l'aide à transporter Run jusque sur la terrasse. Et depuis le début de la soirée, Juan tentait de le sauver. Déjà vers l'est, le soleil pâlissait, bientôt les oiseaux allaient chanter. Juan s'était approché de l'oreille de Run et tout bas, comme une mère parle à son enfant qui vient de faire un cauchemar, il lui avait demandé d'attendre son retour. Puis il était allé se coucher. Deux heures seulement, deux petites heures où il avait dormi lourdement.

Mais deux heures de sommeil une veille de course, c'est de la folie. Et alors qu'il amorce une montée rocailleuse, qu'il zigzague à travers la garrigue, ses jambes ne répondent plus, son cœur s'emballe, le souffle lui manque. Que lui arrive-t-il ? La pente n'est pas plus raide que tant d'autres qu'il a déjà gravies. La chaleur n'est pas plus intense que la veille ni les concurrents plus offensifs qu'à l'accoutumée. Alors pourquoi d'un seul coup son corps le lâche-t-il ? Pourtant, depuis des années, il a réussi à le dompter, remportant les uns après les autres les trophées départementaux puis régionaux. Alors pourquoi soudain cette trahison ? Huit mois d'entraînement intensif, des années d'endurance, Noémie qui a fini par le quitter et ses copains qui se sont lassés de l'entendre toujours renoncer aux virées du samedi soir. Tout ça pour en arriver là, si vite ? Pourtant il la veut cette victoire, plus que toute autre. Pas pour lui, pas pour son palmarès ni pour la renommée du club mais pour l'offrir à son chien. Juan s'est fait un serment au départ de la course : s'il gagne, Run vivra. Dès lors, ignorant sa fatigue soudaine il projette sur la grande toile de son cinéma intérieur l'image de Run, celle où il lui enserre le cou alors qu'il n'a que dix ans et que son chien fixe l'objectif avec son bon gros regard de boxer comme s'il avait compris qu'il posait pour la postérité.

Aussitôt Juan sent ses pieds s'enfoncer plus fortement sur le sol, les muscles de ses cuisses se durcissent en lui arrachant une grimace, ses tempes se mettent à battre et son souffle devient rauque. Mais il ne lâche rien. Branché sur son image mentale, il baisse un peu plus la tête pour limiter la prise au vent, contracte davantage ses abdominaux pour soulager ses articulations et, sans prêter attention à la douleur qui lui vrille la poitrine, il continue à gravir le sentier balisé de la course. Il ne voit plus les spectateurs amassés le long du parcours, il ne perçoit pas leurs cris d'encouragement, il ne tend pas le bras pour saisir la gourde d'eau qu'on lui offre au point de ravitaillement. Comme en lévitation il continue sa course, et dirige ses pas vers la ligne d'arrivée, tout là-bas en contrebas où, sous l'auvent de la terrasse l'attend Run et son regard si doux.

Bientôt la courbe s'inverse, désormais le sentier dévale la pente. Posant à peine les pieds au sol, il semble que Juan désormais vole à travers les genévriers odorants. Un à un il double les coureurs qui l'avaient devancé à la montée. Son corps à nouveau lui obéit ou plutôt c'est lui qui en a repris le contrôle. Comme chaussé de bottes de sept lieues, il se hisse à la première place et finit triomphalement la course. Il trouve la remise des prix interminable, il expédie l'interview avec la presse locale et s'éclipse dès que son entraîneur lui tourne le dos pour aller saluer d'anciennes connaissances.

De retour chez lui il se précipite sous l'auvent de la terrasse. Vide, l'emplacement est vide, seul le ciment encore mouillé témoigne de la scène de la nuit. Fou d'inquiétude, le jeune homme se rue dans sa chambre : sa mère a fait son lit, rangé quelques vêtements qui traînaient mais nulle trace de Run ni sur la carpette, ni sur le divan où sa couverture a été retirée. Soudain Juan perçoit un bruit qui provient de l'extérieur, côté jardin. Un bruit intermittent comme celui d'une pelle qui racle la terre. Son cœur se met à battre à tout rompre dans sa poitrine. Se pourrait-il que... ? Les jambes chancelantes, Juan s'approche lentement de sa fenêtre et écarte les rideaux de sa chambre. Tout au bout du terrain son père, une pelle à la main, est en train de remonter la terre ravinée par l'eau de la nuit. À ses pieds, couché sous un parasol, Run le regarde, le museau tranquillement posé sur ses pattes de devant.

L'EFFET CHARLIE
Maryse Schellenberger

Étrange, j'ai l'impression d'avoir déjà repéré cette jeune personne dans la file de contrôle d'enregistrement à Lyon. Et elle est de nouveau assise, non loin de moi, en salle d'attente, ici à Amsterdam.

Il faut dire qu'avec cinq heures d'escale j'ai tout loisir pour observer mes voisins. J'adore leur imaginer une vie.

De plus, alors que tout le monde somnole sur sa chaise, elle ne fait rien pour être discrète. Au propre comme au figuré elle occupe un volume impressionnant. Son bagage-cabine violet a les roulettes les plus gémissantes que j'ai jamais entendues. Et sa tenue est tout sauf élégante. Son sweat couleur framboise écrasée se heurte violemment au vert pomme de son pantalon. Pour compléter cette tenue psychédélique, la tête et les pieds sont aussi en plein désaccord : foulard bleu et chaussures jaunes. On ne risque pas de la perdre sur les trottoirs roulants de l'aéroport.

Et paf ! Appel au micro : « mademoiselle Myrtille Blanchon est priée de se présenter à la porte d'embarquement E16 ».

Et repaf ! C'est elle qui se lève en lâchant au sol tout ce qu'elle avait sur les genoux : biscuits, bouteille d'eau et bouquin s'étalent pêle-mêle et se répandent allègrement. Une vraie tornade !

L'hôtesse a du mal à placer un mot et tous ceux qui observent affichent un petit sourire en coin. Quelques éclats de voix et moulinets de bras plus tard, tous pensent la même chose au même instant : pourvu que dans l'avion son siège ne soit pas à côté du mien.

Et le dieu Hasard va s'occuper de mélanger les cartes...

Étrange comme ces deux-là semblent peu faits pour voyager ensemble.

Ce grand noir longiligne et silencieux se laisse porter par les évènements. Il sait déjà que pour arriver à destination il faudra empiler les heures d'attente et les heures de vol. Ce n'est pas la première fois qu'il effectue ce périple et il reste calme et sérieux comme s'il avait emmagasiné toute la patience de son peuple depuis des siècles.

À côté de lui, c'est un volcan, un volcan en ébullition ! Un volcan tout bariolé où la framboise écrasée domine la cacophonie des couleurs.

Elle, c'est la première fois, première fois en avion, première fois toute seule, première fois aussi loin et la concentration d'énergie est à son maximum. Il va falloir temporiser pendant les trente heures du voyage sinon c'est l'explosion garantie.

Ils ne le savent pas encore mais ils seront côte à côte dorénavant.

Ils ne le savent pas encore mais ils vont s'accompagner tout le temps.

Ils ne le savent pas encore mais ce sera parfois comique, parfois stressant, sans aucun doute très fatigant, mais au final tellement enrichissant.

Et finalement, justement, en arrivant, l'eau dormante et le volcan découvriront qu'ils peuvent se côtoyer sans inconvénient : elle est responsable d'équipes soignantes, il est coach mental d'athlètes.

Mais le destin s'en mêle et parfois s'emmêle dans ses projections sur l'avenir.

Elle imagine apprendre aux autres plus qu'apprendre elle-même. Avec les certitudes de sa jeunesse, elle est persuadée qu'elle va en remontrer à tous : techniques nouvelles, méthodes d'entraînement, régime alimentaire... tout va y passer. Si tous les athlètes sont aussi cool que son longiligne et flegmatique voisin de siège, elle sait déjà qu'elle aura du pain sur la planche. Et la voilà triomphante, gonflée d'orgueil et imbue d'elle-même, prête à déclencher le rouleau compresseur de son ambition. Elle toise avec froideur tout ce parterre de sportifs qui va devoir lui obéir, et ce parterre animé et coloré lui renvoie la même froideur en retour. Seul le sourire en coin de son voisin de voyage fait écho à son regard. Il les connaît tous. Il sait qu'il devra gérer les blessures d'amour propre, les problèmes d'ego, les conflits d'autorité. Il pressent d'ores et déjà que la tâche sera rude. Il lui faudra gérer ce volcan en ébullition afin d'éviter les projections de lave brûlante…

Cette fois le destin va juste s'en mêler…

L'ouragan Charlie annoncé depuis des jours va plonger la zone Pacifique dans un chaos sans précédent, les Jeux du Pacifique seront carrément et froidement annulés.

Désolation…

LE MIROIR DU HACKER
Nathalie Marchi

Jack est un être ordinaire, un voisin lambda, discret, courtois, un collègue de boulot dont on remarque à peine la présence. On ne le trouve pas désagréable, on n'a rien à lui reprocher et pas grand-chose à lui dire. Il travaille dans un bureau à la comptabilité. Il aligne des chiffres toujours et encore et il s'ennuie, mon Dieu qu'il s'ennuie… Alors le soir quand il rentre chez lui, Jack allume son ordinateur personnel et commence à naviguer.

Au début ça s'est fait presque par hasard, innocemment. Il avait pris un pseudo parce que c'est la procédure habituelle sur ce genre de site et que cet anonymat le rassurait. Au fur et à mesure de ses passages sur les divers réseaux sociaux, il avait pris de plus en plus de plaisir à observer la vie des gens. Il se délectait des fils de discussions et des photos abandonnées par ces internautes naïfs. Ce nouveau vice l'attachait physiquement à son écran. Cependant, rapidement, il en voulut plus, il voulut capter les blancs, les non-dits, ces moments non exposés sur la toile. Il eut besoin de sucer l'os jusqu'à la moelle. Il se mit alors à pirater les webcams de ces anonymes pour épier leur quotidien, sans que rien ne puisse lui être caché, dissimulé. Puis l'observation, le viol de l'intimité de ses proies lui laissa à leur tour un sentiment d'insatisfaction, de frustration. Il voulut alors avoir une réelle emprise sur ses victimes. Il voulut qu'elles sachent! Il voulut les humilier, les asservir, les faire chanter. De cyber-voyeur, il devint cyber-criminel.

La nuit, maintenant, il se sent tout-puissant derrière son écran.

Ce mercredi, après une journée particulièrement morose, Jack rentre chez lui. Noël a accroché ses guirlandes écœurantes aux arbres de l'avenue, il déteste ces fêtes de fin d'année qui lui rappellent combien il est seul et que sa vie est terne. Ce soir, il en veut à la terre entière.

Il essaie alors d'évacuer cette colère qui le ronge. Il se fait couler un bain chaud, auquel il ajoute des sels de bain. Il se sert un verre de scotch. Il le hume, observe sa couleur ambrée, qu'il a toujours appréciée. C'est une couleur chaude, profonde, qui a quelque chose de rassurant, une appartenance à la terre, un ancrage dans la vie. Il met un fond de musique; la voix chaude et vibrante d'Ella Fitzgerald envahit la pièce. Enfin, il allume quelques bougies avant de s'immerger totalement dans l'eau. Malgré tous ces préliminaires, il ne parvient pas à se détendre. Agacé, il sort de la baignoire, enfile un peignoir et allume son ordinateur. Un voyant rouge clignote ; une nouvelle caméra vient d'être détectée par son programme de piratage de webcam. Un nouvel inconscient vient de lui ouvrir sa porte. Pour la première fois de la journée, un frisson de plaisir le parcourt. Il clique fébrilement sur le lien. Il se trouve dans une chambre, une chambre de petite fille, une chambre toute rose. Il y a un lit jonché de peluches, un petit bureau avec des dessins d'enfant, une chaise où sont négligemment posées robes, chaussettes, culottes… un puzzle à moitié défait sur le sol… Cette chambre empeste le foyer chaleureux qu'il n'a jamais connu. Il se prend à imaginer la petite maîtresse des lieux, peut-être n'est-elle pas loin ; peut-être qu'un peu de musique pourrait attirer cette charmante petite garce. Il connecte alors la musique à l'enceinte. Un chant de Noël envahit la chambre et comme prévu, l'enfant, telle une petite souris apparaît dans l'encadrement de la porte. Elle approche curieuse et apeurée à la fois.

« Bonjour ! je suis ton meilleur ami, dit Jack. Tu peux faire ce que tu veux maintenant. Tu peux saccager ta chambre !… »

La fillette paniquée hurle « Maman ! »

Jack continue : « Je suis ton meilleur ami tu sais… je suis le père Noël »

Et là, contre toute attente, l'enfant explose d'un rire moqueur.

« Le père Noël n'existe pas espèce de gros débile » hoquette-t-elle entre deux rires. Puis son expression se durcit, son regard s'assombrit, elle fixe la caméra, on dirait qu'elle voit Jack à travers la lentille de l'appareil.

« Tu n'es qu'un sale pervers froussard » et le tout-puissant Jack derrière son écran se sent à nouveau petit, misérable, pitoyable.

ROSE
Fabienne Jomard

Rose était ronde, toute ronde. Son corps replet offrait au regard une succession de courbes généreuses qui s'agitaient en cadence et avec grâce lorsque ses petits pieds frappaient le sol en produisant des claquements secs. Quand, d'aventure, quelqu'un venait lui parler, Rose écoutait. Sans parler ni sourire, elle pouvait vous fixer longuement de ses petits yeux noirs, très doux, aux longs cils de girafe, puis, très vite lassée, elle se désintéressait de vous. Elle pivotait sur elle-même, laissant voir au passage le profil de son nez en trompette puis retournait vaquer à ses occupations.

Très soucieuse de son bien-être, Rose se prélassait quotidiennement dans un bain. Là, tout en glissant lentement dans la douceur liquide, elle laissait échapper un petit grognement de plaisir. Puis, ses paupières s'abaissaient à moitié, son regard se mettait à flotter dans le vague. Seul un bruit de succion mouillée venait de temps à autre troubler le silence et charmer son ouïe sensible. Ses narines frémissaient imperceptiblement aux senteurs qui l'environnaient : odeur de sève de pin, effluves boisés.

Généralement, Rose sortait de là comme à regret et, sans se sécher, se remettait à trotter sans but aucun.

Ce jour-là, alors qu'elle somnolait, vautrée dans son élément favori, elle fut brutalement extraite de sa torpeur : un crissement métallique suivi d'un grand fracas avaient déchiré le silence : la porte de la bétaillère venait de s'abattre sur l'herbe du pré.

Déjà, tous ses congénères affolés galopaient dans l'enclos en couinant. Rose se leva prestement et, sans comprendre pourquoi, se mit à les imiter.

Deux hommes s'approchaient à grandes enjambées.

« Là ! Celui-là, attrape-le ! »

Quelques instants plus tard, Rose se retrouva serrée contre d'autres petits cochons, enfermée dans une grande boîte qui cahotait en ferraillant.

Quelque chose en elle lui fit sentir que rien, jamais plus, ne serait comme avant.

DANSE LA MORT
Maryse Schellenberger

Installée discrètement, je regarde passer ce matin-là l'enterrement de Mr Blackchich, l'homme du bout de la rue.

C'est une véritable célébration ! Dans la charrette son cercueil disparaît sous un monceau de fleurs. Lys, tulipes, lilas, œillets, c'est un tourbillon de couleurs. Les senteurs s'égarent dans toute l'atmosphère. Les yeux et le nez ne savent plus dans quelle direction se perdre.

Ses gars suivent, accompagnés de femmes et enfants. Ils sont tous là, très souriants. Ils ne pleurent pas la disparition de cet homme si charmant.

Et derrière eux, c'est une explosion de sons. Un orchestre se déchaîne et l'accompagne rejoindre sa chère femme disparue depuis longtemps. Chaque instrument danse sa musique et c'est une mélodie joyeuse et entraînante qui s'élève dans les airs. Les notes s'élèvent jusqu'en haut du ciel et reviennent se faufiler dans nos oreilles époustouflées. Chaque instrument danse pour que ce départ du monde des vivants soit le plus réjouissant possible.

Ça m'a rappelé mon enfance lorsque mon père m'apprenait à jouer du saxophone. Il me manquait une dent et mes doigts n'étaient pas assez longs pour atteindre toutes les clés. Pourtant j'adorais m'escrimer à faire jaillir de l'instrument une multitude de sons, du plus gai au plus triste, du plus grave au plus aigu. J'ai pleuré souvent de ne pas y arriver mais sans jamais abandonner. Et là, ces saxophones qui jouent des blues à faire pleurer les cœurs de pierre me transportent des années en arrière. Mon père disait que la musique est le reflet de l'âme. Eh bien, Mr Blackchich devait avoir une âme bien joyeuse et il va sûrement danser dans l'au-delà avec sa femme.

Le plus tard possible, bien sûr, j'espère qu'ils m'attendront pour que je danse avec eux.

LA ROSE DE JÉRICHO
Michèle Badel

Quand c'est vraiment trop lourd, quand ça pulse trop fort au fond d'elle, elle se prend la tête entre les mains et remonte ses cheveux vers l'arrière. Comme pour y voir plus clair. Elle voudrait partir, juste pouvoir partir de l'autre côté de la frontière. Sortir de ce pays en guerre. Pas pour fuir, non, juste pour recevoir le traitement sans lequel elle ne pourra jamais avoir d'enfant. Cinq ans qu'elle attend, qu'elle espère, qu'elle s'entête, qu'elle tempête. Contre son corps qui s'obstine à rester muet, contre les dirigeants de son pays, contre la loi des hommes et celle de Dieu. Elle le veut cet enfant, de toutes ses forces, de toute son âme. Elle a tenté tout ce qui était possible ici : les potions amères, les onguents, les prières, les privations. Rien n'y a fait. Sans ce traitement, pas d'enfant, on lui a répété. Alors, demain, c'est décidé, elle passera de l'autre côté. Malgré la peur et les risques, malgré les interdits et les dangers. À la vie, à la mort : c'est le prix à payer.

Le tribut à la vie, elle a pourtant l'impression de l'avoir déjà payé. C'était il y a presque trente ans quand elle habitait de l'autre côté, précisément. Ah, qu'il était beau son Liban d'alors avec ses forêts de magnolias en fleurs ! Qu'il fleurait bon le thé fumant au fond des tasses, le jasmin dans les cheveux des filles, le tabac aux abords des cafés. Qu'il y faisait bon vivre auprès des siens, des voisins, des amis. Et puis un jour, tout s'était arrêté. Le bruit, la poudre, le sang, la haine avaient tout ravagé. Il avait fallu partir, tout quitter sans se retourner. Laisser le berceau vide du dernier né, abandonner le chat avec lequel elle aimait tant jouer, accepter même de ne pas prendre son doudou. « Il est trop encombrant » avait dit son père. Elle avait dû obéir et fuir. Sans un regard en arrière. Accepter. Abdiquer. Se résigner et passer de l'autre côté, où elle ne serait désormais qu'une réfugiée.

Mais aujourd'hui elle est déterminée. Ce n'est pas son pays qu'elle veut retrouver, c'est sa terre intérieure, celle qu'elle veut ensemencer. Qu'elle veut voir se fendre et se gonfler, s'irriguer et germer. Elle a tout préparé : ses papiers, son livret de santé, l'argent pour le passeur. Pour le reste, elle voyagera léger. Inutile de s'encombrer. Il ne lui reste plus qu'à attendre la nuit.

Il est plus de minuit quand elle se décide enfin. Son mari dort paisiblement à ses côtés, elle entend son souffle régulier. Elle ne lui a rien dit. C'est la première fois qu'elle ne se confie pas à lui. C'est étrange ce sentiment de trahison. D'ordinaire ils sont tellement complices, unis comme les dix doigts de la main. Une parole sans fard et sans peur. Mais tout à l'heure, elle a menti. Elle a prétexté qu'elle devait se lever de très bonne heure. Une tante à l'agonie. « Elle habite loin, tu te souviens ? Il fera trop chaud sur la route, si j'attends le lever du soleil. Je partirai à l'aube. C'est important pour moi, tu comprends ? » Elle avait prononcé cette dernière phrase en essayant de ne pas faire trembler les mots dans sa gorge. Oui, il comprenait. Comment aurait-il pu se douter qu'elle mentait ? Comment aurait-il pu deviner qu'elle allait partir, disparaître dans la nuit pour rejoindre, tout là-bas, un groupe d'inconnus encadrés par deux hommes armés ? Se fondre parmi une foule d'autres désespérés, livrés au bon vouloir de deux profiteurs, tout cela pour un enfant. Leur enfant.

Maintenant elle est debout dans la pénombre, elle contourne le lit. Comme à l'ordinaire, le parquet grince près du deuxième pied. Elle suspend son pas. Son mari se retourne. Elle attend puis, délicatement, ouvre la porte. Mais avant de la refermer, son regard est attiré par un détail. Là, dans la lueur de la lune qui filtre à travers l'entrebâillement, il y a ce petit rien. Juste quelques peluches de sa chemise de nuit qui sont restées accrochées dans la barbe de son mari. Elle sourit. Dire que dans une heure, elle va remettre sa destinée entre les mains de deux corruptions armées. Dans trois heures, peut-être moins, sa vie sera anéantie. Tout son quotidien douillet et sécurisant, patiemment échafaudé depuis des années, livré en pâture à des trafiquants d'espoir. Soudain sa certitude se fissure. Ont-ils vraiment tout essayé ?

Lorsque son mari ouvre les yeux, il s'étonne de la trouver à ses côtés. Le soleil est déjà haut dans le ciel. C'est vendredi, jour de repos, mais justement elle devait partir. Pourtant il ne la réveille pas, il la regarde dormir, longuement, langoureusement. Il l'aime tant. Depuis près de dix ans qu'ils se sont rencontrés sur les bancs de la faculté de Damas, il aurait tellement voulu lui offrir un autre avenir que cette maudite guerre. Et cet enfant qui se fait tant désirer. Dans sa famille, on le lui a pourtant rappelé : rien ne l'oblige à rester marié. Sans possibilité de descendance, la répudiation est autorisée : il a la loi pour lui. Mais il ne peut se résoudre à cette infamie. Il aime tant sa femme et tandis qu'elle se retourne vers lui et entrouvre à peine les yeux, il l'enlace, il l'embrasse. Elle se sent nauséeuse, la bouche terreuse. Pourtant elle se blottit plus fort contre lui. Il se fait plus insistant, plus caressant. Elle le laisse faire. Ne former plus qu'un, comme pour abolir la distance à laquelle elle a soudainement renoncée. Comme une urgence, une dernière chance. Alors, elle se donne. Éperdument.

Un mois plus tard, alors qu'elle cueille au jardin quelques brins de menthe pour le thé, elle sent là, tout au fond de son ventre, comme le battement d'ailes d'un papillon.

Sur sa table de nuit, la rose de Jéricho s'est ouverte.

PÉPIN BLUES
Maryse Schellenberger

Des jours que je suis enterré au fond du placard, caché derrière les chaussures.

Ce matin, je dois aller travailler, mon patron n'aime pas se mouiller.

Je prends mon temps pour m'étirer, une baleine après l'autre, au bout de la poignée.

Nous voilà partis, au galop, comme toujours le lundi. À peine je suis humecté, il me balance derrière son dossier avant de démarrer. Eh bien, à l'arrivée, exprès, je vais rester bloqué, hi, hi, hi… Il sera un peu mouillé.

Toute la matinée, je vais devoir rester ouvert, en train de bailler, parce qu'il voudra me faire sécher.

Quelle idée!! Je suis fait pour être mouillé, trempé, aspergé.

Midi, il sort déjeuner, et chic, il pleut encore. Je vais profiter d'une petite balade dans les rues et me refaire une santé. Ah! Comme ça fait du bien de respirer ce bon air bien pollué, de recevoir cette eau glacée et de la sentir ruisseler sur mon dôme déployé. Une petite fuite pourrait bien se glisser dans sa manche… se faufiler… dégouliner… juste pour rigoler…

Au restaurant, je retrouve tous les copains. On échange les derniers potins, on parle de ceux qui, déchirés, ont atterri en déchèterie. On se moque de l'allure des petits nouveaux.

Oh ! Il est parti, et bien sûr, il m'a oublié. Pas de stress, je profite de ma liberté. Quelqu'un va bien vouloir m'utiliser. Incognito, je sors, une fois chez le boulanger, une fois chez le fleuriste, une fois chez le coiffeur, et chaque fois me revoilà.

Ah tiens là, je reconnais la main qui m'empoigne, mon patron est de retour, finie la récré.

Un petit tour dans la rue, un envol derrière le siège, retour at home me revoilà de nouveau abandonné derrière les souliers.

Vivement la prochaine ondée !!

L'ATTENTE
Nathalie Marchi

Elle rafraîchit de nouveau la page de sa boîte mail. C'était la troisième fois en dix minutes ! Depuis qu'elle avait envoyé son document ce matin, la réponse l'obsédait, elle n'arrivait pas à se focaliser sur autre chose. Pourtant elle savait que ce retour ne serait pas immédiat, peut-être n'arriverait-il pas aujourd'hui, ni même demain... Elle avait envoyé un SMS en parallèle de son mail pour être sûre que ses interlocuteurs ne négligeraient pas trop longtemps leur boîte de réception.

De sa propre expérience, elle savait pertinemment qu'elle avait pris le temps d'être dans de bonnes dispositions dans la situation inverse. Lorsqu'elle avait découvert quelques jours auparavant ce courrier électronique, elle ne l'avait pas ouvert immédiatement. Elle avait pris un plaisir presque sadique à ménager le suspense. Elle avait vaqué à ses occupations quotidiennes. Elle était allée travailler, mais il lui avait été plus difficile de se concentrer qu'à l'accoutumée. Elle avait été tiraillée par la curiosité tout au long de la journée, mais elle avait résisté, elle ne voulait pas gâcher ce moment par un élan précipité, prendre le risque d'être interrompue, ne pas apprécier pleinement l'instant ou devoir l'écourter. Elle avait attendu le soir d'être au calme, les enfants couchés, son mari installé dans le salon devant un film. Elle s'était réfugiée discrètement dans leur chambre à coucher. Elle avait choisi un fond musical sur sa playlist, une musique zen aspirant à la détente. Elle avait éclairé sa lampe de chevet qui diffusait une lumière orangée, tamisée. Elle avait allumé la bougie du photophore en forme de roche. La flamme virevoltante léchait la pierre et sous l'effet de la chaleur, l'eau de la petite cavité creusée à son apex s'évaporait chargée d'huiles essentielles odorantes. Elle avait laissé le parfum mêlé de menthe citronnée et d'ylang-ylang lui chatouiller délicatement les narines et avait inspiré profondément. Dans cette ambiance apaisante et chaleureuse, elle s'était alors allongée sur son lit, confortablement adossée à ses oreillers. Une fois nichée dans ce cocon, elle avait ouvert le document en pièce jointe. Elle s'était alors abandonnée à sa lecture puis au sommeil. Là encore, sciemment, elle avait pris son temps, elle ne voulait pas précipiter sa réponse. Elle avait laissé œuvrer Morphée pour avoir le plaisir de redécouvrir, au matin, le texte. Elle avait alors pris le temps de rédiger son retour avant que la maisonnée ne reprenne vie. C'était son moment à elle, elle voulait le préserver. La réponse devait être soignée, analysée, constructive. Elle devait tout à la fois restituer son ressenti initial et le fruit de sa réflexion.

Elle se sentait une véritable responsabilité. Mais elle se rendait compte, maintenant, à quel point, une fois les rôles inversés, cette attente, cette curiosité du retour était insupportable et délicieusement impitoyable.

Elle tenta fébrilement un ultime rafraîchissement de la page. Ce serait le dernier, elle se le promettait. Elle irait docilement ensuite se coucher et demain, peut-être... mais l'icône d'un nouveau mail venait d'apparaître en provenance de l'un de ses bêta-lecteurs...

LA BÊTA-LECTRICE
Fabienne Jomard

Quand elle apprit qu'on lui confiait cette mission, la bêta-lectrice ressentit une grande excitation. Oh, avant bien sûr, elle l'avait fait de nombreuses fois, rester concentrée, bien assise sur une chaise dans un lieu impersonnel et écouter la voix d'une de ses camarades de lecture, une voix peu familière à son oreille, une voix qui s'élevait dans le silence, parfois peu assurée, parfois même émue et qui lui livrait à elle et aux quatre autres présentes le fruit de son cerveau. Mais ça, c'était avant. Avant que cette épidémie ne les prive de tout contact et ne les oblige à rester loin, hors de portée de cette voix qui avait toute légitimité pour faire entendre un texte né de la pensée intime d'une personne presque inconnue.

À présent, c'était autre chose qu'on lui demandait. Être la bêta-lectrice de cette personne.

« La bête à quoi ? » avait-Il demandé.

— La bêta-lectrice gros bêta ! Je dois lire et dire ce que j'en pense. Ce que j'ai compris, pas compris, aimé, pas aimé et pourquoi.
— Ah !

Et l'on sentait dans ce Ah ! toute l'incompréhension qui s'y trouvait cachée…

Pas si facile de se retrouver seule face au texte d'une autre ! Se glisser dans les méandres de son cerveau, se mettre à la place de. À la place de son personnage, à la place de l'auteur. Se sentir presque coupable d'être entrée en effraction dans l'intimité de quelqu'un.

Elle n'est pas vraiment seule à le lire puisque les trois autres en sont aussi réceptrices… mais c'est tout comme, puisqu'elle est isolée. Alors elle se met à lire et à relire le texte, à l'écouter pour le faire sien. Elle annote, elle souligne, elle surligne… à la fin, elle maîtrise les yeux fermés les fonctions de Word. On lui a fait confiance, elle doit s'en montrer digne.

Mais ce n'est pas tout, elle doit se livrer elle aussi à l'exercice et confier aux autres bêta-lectrices le soin de relire son texte. Elle va leur montrer son bébé caché, leur dévoiler à son tour l'intérieur de sa tête. Jusque-là tout allait bien, elle écrivait, certes, mais ça ne débordait pas des pages du carnet de voyage ou de l'écran d'ordinateur. Mais là, c'est autre chose ! Le texte va devoir se montrer au grand jour !

Alors le Doute l'étreint, elle ne vit plus, parfois elle n'est que l'ombre d'elle-même, partout où elle va, elle transporte son texte avec elle. Il est là, elle le sent, caché quelque part comme un petit animal tapi. Il l'accompagne jusqu'au creux de la nuit et là, il la réveille et la fait se lever pour noter un bout de phrase, une idée qui germe et qu'il faut saisir très vite avant qu'elle ne s'évanouisse.

Et quand, au petit déjeuner, Il la trouve en train d'écrire, Il ne manque pas de lancer : « Alors, Balzac, ça avance ? » Mais non, justement, ça n'avance pas car le Doute ne la lâche plus de la journée. Le Doute lui parle et lui murmure à l'oreille : ton texte est trop court, l'histoire n'en est pas une, on te voit venir avec tes grosses pattes d'éléphant.

Alors elle barre tout, réécrit, recommence, et sur l'ordi les versions se multiplient : Tommy 1, Tommy 2, Tommy 8...

Et c'est le moment qu'Il choisit pour arriver :

« Dis donc Balzac, t'as vu l'heure ? Quand est-ce qu'on mange ? »

Une incomprise, voilà ce qu'elle est.

Heureusement, ses bêta-lectrices sont là... Elles la comprendront, elles.

REMERCIEMENTS

Merci à Raphaëlle de nous avoir guidées tout au long de l'année et d'avoir contribué à libérer nos plumes. Merci pour son accompagnement, ses conseils et sa bienveillance.

Merci à la MJC de Montluel de nous avoir accueillies.

Merci à nos bêta-lecteurs, Cathy et Robert, Michel, Elena, Chloé, Edith et Vincent, Sylvie, Pauline... pour leurs remarques constructives, pertinentes et impertinentes... Merci à Seb et à Pascale pour leur écoute attentive.

Merci à Lou pour son illustration et à Auré pour ses idées.

TABLE DES MATIÈRES

PRÉFACE - Raphaëlle Jeantet 5

LA PLUME DU PHÉNIX - Nathalie Marchi 7

TOMMY - Fabienne Jomard 15

ROMÉO À VÉLO - Michèle Badel 17

LA VOIX - Maryse Schellenberger 21

RUN JUAN - Michèle Badel 25

L'EFFET CHARLIE - Maryse Schellenberger 31

LE MIROIR DU HACKER - Nathalie Marchi 35

ROSE - Fabienne Jomard 39

DANSE LA MORT - Maryse Schellenberger 41

LA ROSE DE JÉRICHO - Michèle Badel 43

PÉPIN BLUES - Maryse Schellenberger 47

L'ATTENTE - Nathalie Marchi 49

LA BÊTA-LECTRICE - Fabienne Jomard 53

REMERCIEMENTS 57